Udo Hahn

Alles Liebe
für euch

HERDER

FREIBURG · BASEL · WIEN

Ich wünsche euch,
dass sich immer eine Tür vor euch öffnet,
dass euch Menschen umarmen,
dass sich Freunde mit euch freuen,
dass sich dann und wann ein Traum erfüllt –
vor allem aber, dass ihr fröhlich seid.

Möge Glück euch stets begleiten

Jeder Mensch, den ihr
mit den Augen der Liebe betrachtet,
wird schön.
Jede Herausforderung, die ihr
mit den Augen der Liebe betrachtet,
wird gelingen.
Alles, was ihr
mit den Augen der Liebe betrachtet,
wird gut.

Mit dem Herzen sehen

Das Leben ist eine Kunst.
Es verlangt von euch,
mit euren Stärken und Schwächen,
mit euren Hoffnungen und Enttäuschungen,
mit eurem Erfolg und Scheitern,
mit eurer Liebe und eurem Leiden
so umzugehen,
dass ihr nie zu übermütig werdet
und nie eure Zuversicht verliert.

Lebens-Kunst

Wenn ihr einen Menschen ändern wollt,
dann gebt ihm nicht tausend Ratschläge,
dies zu tun und jenes zu lassen.
Wenn ihr einen Menschen ändern wollt,
solltet ihr ihn lieben.

Die Kraft der Liebe

Jeder Tag ist der erste in eurem Leben.
Jeder Tag ist Leben.
Was auch immer geschieht,
ihr könnt neu beginnen.
Die Vergangenheit
hat nicht mehr Macht über euch,
als ihr dieser erlaubt.

Jedem Tag mit einem Lächeln begegnen

Jeder Mensch will festhalten.
Dabei wird uns tagein, tagaus
das Gegenteil abverlangt:
Aufgeben.
Loslassen.
Aufbrechen.
Übt euch früh in dieser
Lebenskunst.

Leben ist Veränderung

Es gibt Situationen,
in denen ihr unverzichtbar seid,
in denen es auf euch ankommt,
in denen ihr unersetzbar seid.
Sagt aber in anderen Situationen
auch einmal »nein«
und genießt es,
euch auch einmal zurückzulehnen.

Zeit für Gelassenheit

Was wird euch
auf eurem Weg begegnen –
Glück oder Unglück?
Was auch immer geschieht,
es liegt an euch,
Glück oder Unglück
darin zu sehen.

Alles Gute für euch

Das Glück eures Lebens
könnt ihr nur festhalten,
wenn ihr es weitergebt.
Die Augenblicke der Enttäuschung
könnt ihr nur überwinden,
wenn ihr sie teilt.
Möget ihr in diesen Momenten
stets liebe Menschen um euch haben.

Ein Engel an eurer Seite

Die Zukunft liegt vor euch.
Es liegt in euren Händen,
die vielen leeren Blätter zu füllen.
Glücksmomente –
und auch die schweren Stunden
gehören ganz selbstverständlich dazu
und machen euch einmalig.

Geht euren Weg

Nehmt das Leben ernst –
aber nicht zu ernst.
Bleibt gelassen.
Macht Fehler.
Verzeiht immer.
Seht das Gute.
Lebt fröhlich.

Bewahrt euch ein frohes Herz

Ihr wisst nicht genau,
was vor euch liegt.
Das Leben verlangt immer
einen Schritt ins Ungewisse.
Geht ihn in der Gewissheit,
dass sich beim Gehen
immer ein Stück des Weges
unter eure Füße schiebt.

Auf dem Weg sein

Was ihr selbst tun könnt:
Gebt euren Ängsten keine Macht über euch.
Gebt euren Sorgen nicht mehr Raum als nötig.
Gebt euren Wünschen alle Kraft.
Gebt euren Träumen viel Zeit.
Gebt eurer Inspiration kräftige Flügel.
Gebt eurer Hoffnung ein Ziel.

Geht sorgsam mit euch um

Nichts im Leben ist wirklich vergeblich,
auch wenn ihr das jetzt nicht versteht.
Wenn ihr später einmal zurückschaut,
dann wünsche ich euch,
dass ihr spürt, wie ihr selbst in
aussichtslosen Momenten gehalten wurdet,
und nicht überseht,
wie viel euch geglückt ist.

Habt Vertrauen in euer Leben

Schaut auf das Schöne um euch herum.
Lasst eure Herzen leicht werden von diesem Anblick.
Und nehmt diese Bilder in euer Gedächtnis.
Holt sie euch immer dann vor Augen,
wenn euch etwas beschwert,
damit euch wieder leicht wird ums Herz.

Mögen euch Flügel wachsen

J eder will perfekt sein
und alles perfekt machen.
Gut zu sein genügt.
Und habt Mut
zum Bruchstück.
Auch daraus lässt sich
viel machen.

Mosaik des Lebens

Mit den Enttäuschungen im Leben
ist das so eine Sache.
Manchmal bekommt ihr,
was ihr euch erhofft habt,
manchmal nicht.
Aber bisweilen entsteht
sogar etwas viel Besseres.

Verliert die Zuversicht nicht

Viele sorgen sich um das,
was kommen mag.
Dabei ist das gar nicht wichtig.
Die einzige Sorge,
die sich wirklich lohnt,
ist, sich selbst nicht zu verlieren.

Tragt Sorge für euch

Geduld – sie ist die Voraussetzung für alles.
Ohne sie werden euch die Felder eurer Arbeit
keine gute Ernte bescheren.
Vertraut darauf,
dass sich auch in eurem Leben
alles fügt,
alles erfüllt,
alles reift.

Ich wünsche euch Langmut und Besonnenheit

Bildnachweis:
Alle Fotos © Agentur initiale, Sandhatten
Seite 33, 39: Julia Stuntebeck

Alle Rechte vorbehalten - Printed in Italy
© Verlag Herder Freiburg im Breisgau 2007
www.herder.de
Reproduktion: Peter Karau, Bochum
Satz: Wolfgang Eggerstorfer
Herstellung: L.E.G.O. Olivotto S.p.A., Vicenza 2007
ISBN 978-3-451-29461-7

Idee, Konzept und Gestaltung:
© Agentur initiale, Sandhatten 2007